Meine Angst vor Löwenzahn

Andreas Catulus

Meine Angst vor Löwenzahn

… und wie kam ich in diese Kiste?

Bibliografische Information der Deutschen Nationalbibliothek:
Die Deutsche Nationalbibliothek verzeichnet diese
Publikation in der Deutschen Nationalbibliografie; detaillierte
bibliografische Daten sind im Internet über http://dnb.d-nb.de
abrufbar.

Text & Bilder Andreas Catulus Königswinter
Satz, Umschlagdesign, Herstellung und Verlag:
Books on Demand GmbH, Norderstedt
ISBN: 978-3-8370-3158-4

Vorwort

Für mich war es ein sehr bewegender Moment, als ich einmal an einem Flughafen zwei Hunde entgegengenommen hatte, die per Flugpaten nach Deutschland kamen und zunächst in einem Tierheim untergebracht wurden, um dann weiter in Familien vermittelt zu werden.

Diese Hunde kamen aus dem benachbarten Ausland und wären in ihrer alten ‚Heimat' in einer Tötungsstation in den nächsten Stunden(!) getötet worden. –

Erst wenige Minuten in der neuen Umgebung angekommen, da streckte mir einer der ‚beiden' seine Pfote entgegen, und ich konnte eine unglaubliche Dankbarkeit und ein Verlangen nach Vertrauen und Leben spüren. –

Es wunderte mich nicht, dass diese beiden kleinen Hunde schon sehr bald ein richtiges neues Zuhause gefunden hatten und garantiert viel Sonnenschein verbreiten werden! – Und dabei standen sie kurz davor getötet zu werden …

– Tiertransfers aus dem Ausland sind keine ‚Absolut-Lösungen‘ –, aber bevor man Tiertransfers aus dem Ausland kritisiert – was ich oft erfahre –, sollte man die profitgesteuerte und die ästhetische ‚Zwangszucht‘ kritisieren! –

   – Mit profitgesteuert meine ich nicht die Zucht von Rassen für wahre(!) Liebhaber, sondern die Zwangsvergewaltigungen (…), weil eine Rasse gerade ‚In‘ ist. –

Sehr häufig erfahre ich leider, dass sich das Klischee in der Bevölkerung verbreitet hat, dass Tierheimhunde/Heimtiere auch gleich immer ‚Problemtiere' – unsoziales Verhalten, Krankheiten etc. – seien.

Dieses Vorurteil ist schlichtweg falsch und ungerecht!

Soziale ‚Problemtiere' zum Beispiel, die früher kein oder wenig soziales Verhalten zeigten, finden im Tierheim oft Vertrauen (...!) im Umgang mit Artgenossen und Menschen, das sie vorher nicht erfahren haben. –

Und nicht selten landen ‚Krankheiten' in Tierheimen, die von Menschen verursacht wurden, weil eben zum Beispiel gegen die Natur gezüchtet wurde ...!

– So haftet also die von Menschen verursachte Schuld als Klischee auf allen Rücken unschuldiger Heimtiere (...)

Unzählige Male erfahren wir, was einem Hund – Tieren allgemein – angetan wird. Mal geschieht es aus Unwissenheit, aber am schlimmsten ist es – und es ist unverzeihlich(!) –, wenn man den Tieren gleichgültig und vorsätzlich Schaden zufügt.

Nun, diese Geschichte widme ich einem Tierheim-
hund – meinem lieben Patenhund ‚Spike'.

Aber sie soll stellvertretend allen Tieren
gewidmet sein, die nicht das Glück erfahren durf-
ten, in fürsorgliche und verantwortungsbewusste
Hände geraten zu sein. –

Ich habe die Gedanken eines Hundes –‚Spikes'
‚Gedanken' – vermenschlicht, weil wir es fälschli-
cherweise ab und zu gerne tun – das ist o. k.!

– Nur sollte man kein menschliches Verhalten
und auch keine menschlichen Gedanken von einem
Hund erwarten, denn das wäre falsch! –

Es war Winteranfang.

Ich wurde von fremden Händen in einen glatten, harten, aber warmen Raum gebracht.

Um mich herum vernahm ich sehr viel Unruhe – vor allem Gerüche, so viele, dass meine Nase unentwegt etwas zu erkunden hatte; unzählige Hundestimmen und Stimmen von Menschen.

Alles war mir völlig fremd.

Vorher – so wurde von mir erzählt – hatte ich auf einem Schrottplatz in einer bestimmten Ecke mein Zuhause; dort gab es vermutlich nichts. Nichts, was einen Hund wirklich interessiert, nichts Natürliches – keine Wiesen, Sträucher, Bäume, keinen Bach und auch nichts, was so ähnlich aussah und sich so bewegte wie ich, und keine ‚Informationen‘, die jeder Hund gerne täglich ‚liest‘ …

Mein ganzes bisheriges Leben von ca. vier Jahren hatte ich nur aus der Ferne Kontakt zu Menschen; direkten Kontakt hatte ich vermutlich nur zu einzelnen Personen.

Ich wusste nicht, dass es noch sehr viel mehr Menschen gibt, und deshalb hatte ich auch keinerlei Erfahrung mit diesen anderen Menschen gemacht. –

Und von so vielen anderen Dingen hatte ich auch nichts gewusst – wie zum Beispiel den bunten, ungeheuerlichen ‚Rasenufos' ...

Nun war ich in einem Tierheim gelandet.

Es gab verschiedene Aussagen weshalb ...

Sofort wurde im Tierheim bei mir festgestellt, dass ich viel zu fett, also gemästet worden war und wegen mangelnder Bewegung und Aktivitäten ein hohes Übergewicht hatte, worunter ich sehr litt.

Ständig hatte ich stark schmerzende Gelenke, weshalb ich Medikamente bekam. Zudem hatte ich Hautekzeme, Schilddrüsen- sowie Nieren-probleme.

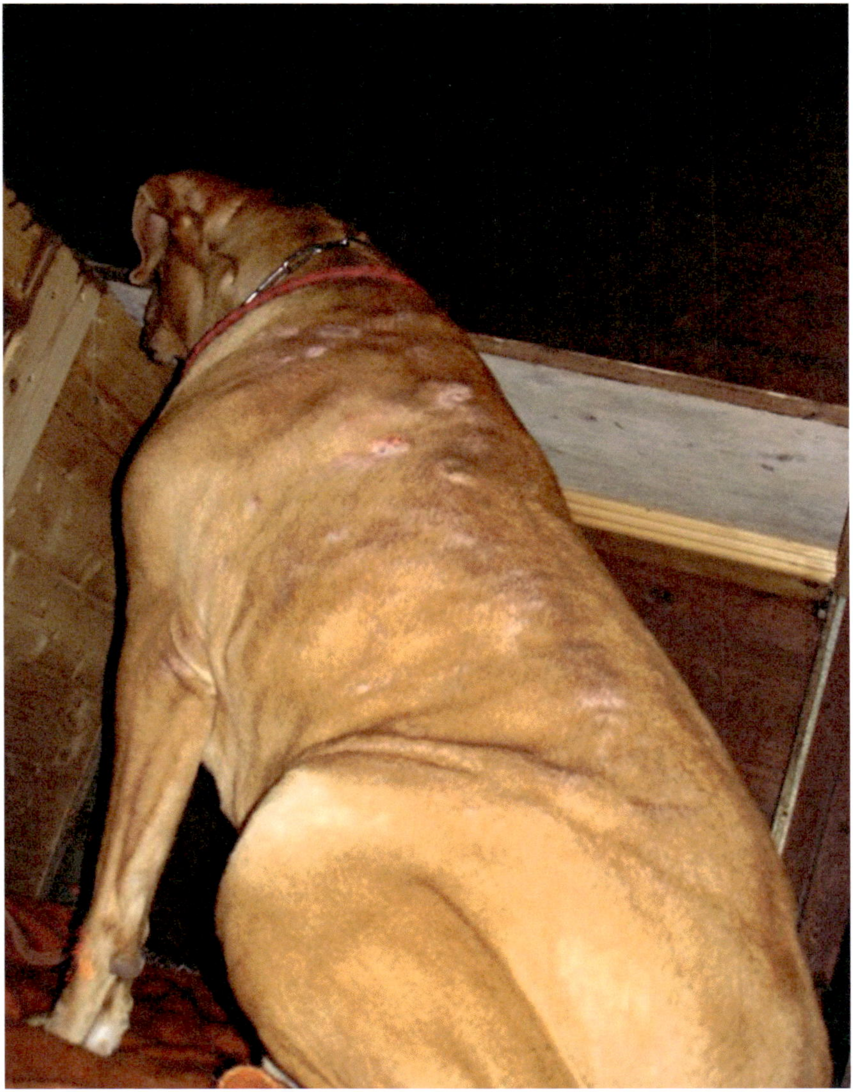

17

Hinzu kam eben, dass ich in meiner Vergangenheit so gut wie keine sozialen Kontakte erfahren durfte, weder zu Zweibeinern noch zu meinen Artgenossen oder sonst irgendetwas Alltäglichem.

Deshalb war ich anfangs allem, was direkt auf mich zusteuerte, gegenüber sehr, sehr skeptisch bis hin zu sehr böse.

Mit meinem weit aufgerissenen, nilpferdgroßen Maul hatte das dann auch jeder sofort verstanden; ich musste in der Regel mein Maul aber gar nicht so weit aufreißen – einmal furchteinflößend – feucht, gellend gebellt, verwandelte ich jede Menschenhaut in Gänsehaut.

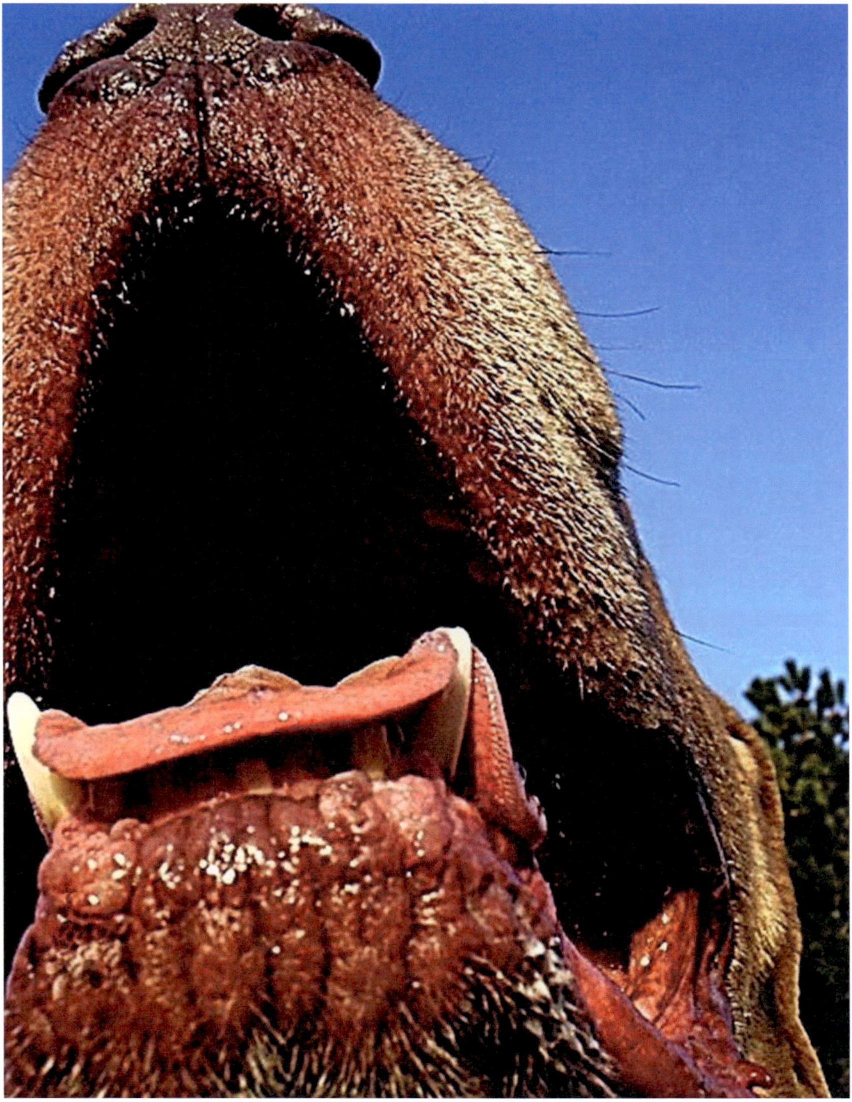

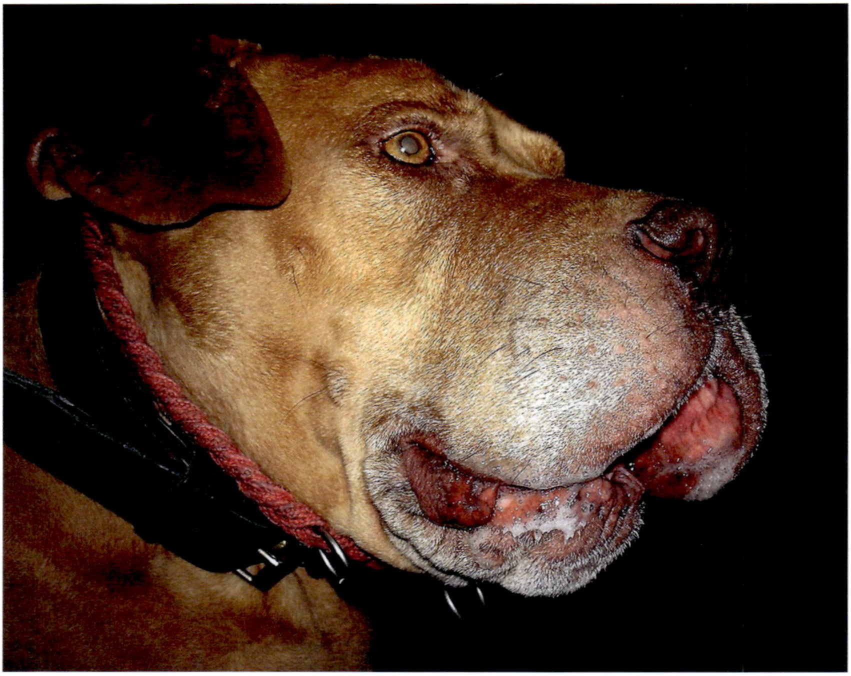

Doch meistens meinte ich es ja nicht böse, sondern genau das Gegenteil war gemeint.

Weil man sich aber nicht kannte, wurde ich schon mal missverstanden.

So wurde ich ausgeführt.

Die ganze neue Umgebung war mir total fremd und deshalb anfangs auch aufregend.

Doch recht bald wurde es mir zu langweilig, einfach an der Leine neben einem Zweibeiner her-zutrotten.

Eines Tages während eines Spaziergangs stellte ich mich meinem ersten Ausführer einfach frontal in den Weg und bellte ihn an; ich wollte spielen, toben, raufen, raus aus diesem langweili-gen Alltagstrott.

Weil ich nicht leise und sanft bellen konnte, wurde meine freundliche ‚Attacke' völlig falsch eingeschätzt. Ich wurde als unberechenbarer Hund verschrien; und der eigentlich nette erste Ausführer hatte das Handtuch geworfen.

Aber ich war doch nur unberechenbar lieb!
– vorausgesetzt, du hattest vorher zurückhaltend
um Freundschaft gebeten ...

Wenn ich dir mit meiner schlabbernden Nilpferd-schnute einen silber schimmernden, breiten Strei-fen über deinen Hosenlatz ziehen durfte und du dich dafür nicht geschämt hattest, dann warst du mein Freund!

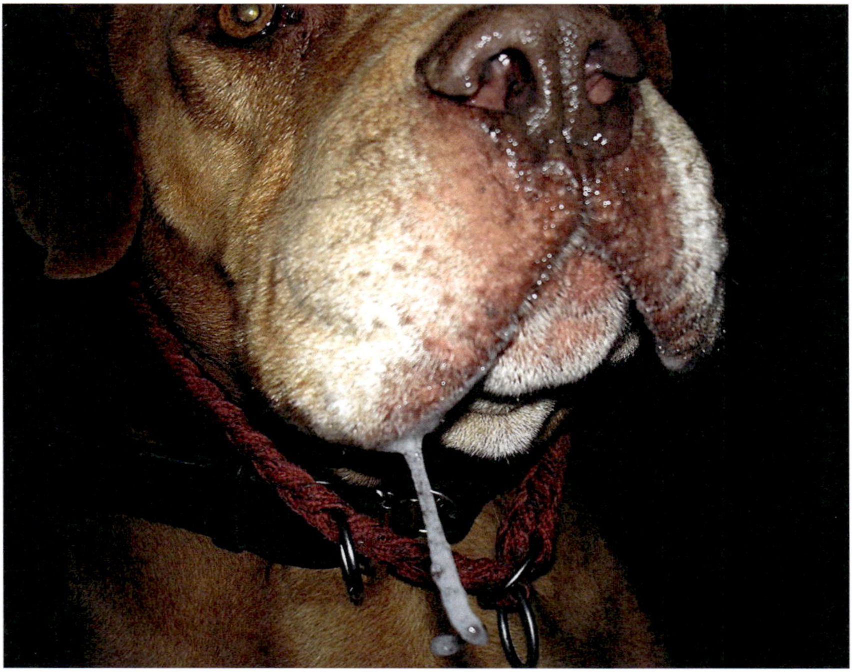

Schon bald stand an meiner Tür ein neuer Ausführer, der mit mir spazieren gehen wollte ...

– Wenn es keine Menschen gäbe, die ehrenamtlich in ihrer Freizeit uns Hunde im Tierheim ausführen, dann kämen wir nicht nach draußen, könnten wir nicht spazieren gehen und herumschnuppern; oft sind wir monatelang im Tierheim, bis uns jemand zu sich nach Hause holt ...

In seinen Händen hielt er einen Maulkorb. – Für mein riesiges Maul war das ein ziemlich großes Ding; vermutlich diente dieser Maulkorb früher als Kindereinkaufswagen – das Fähnchen war aber ab.
    Nun war da also der Neue, und der legte mir vorsorglich erst einmal diesen Maulkorb an, bevor wir losgingen.

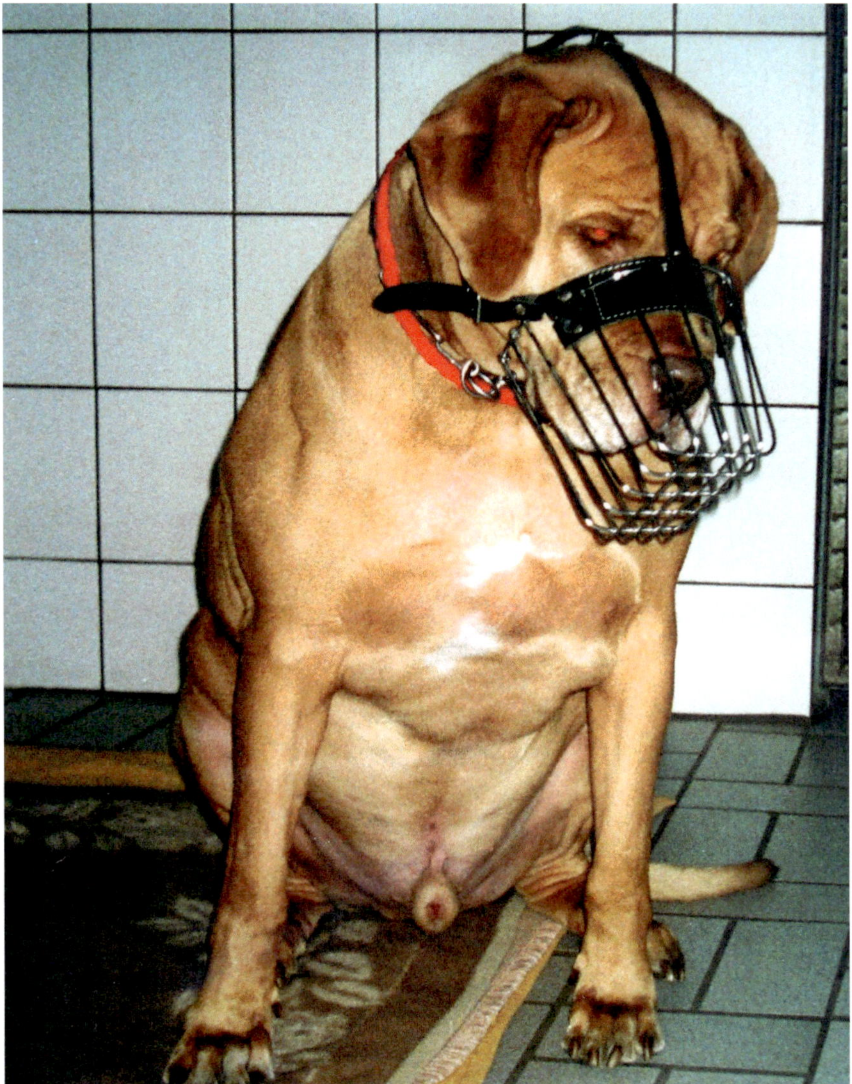

Ich hatte den Neuen erst mal nicht sonderlich be-achtet, denn um ‚Natürliches' zu verrichten, wollte ich erst mal nur los.

Beim Wasser lassen konnte ich mein Bein nicht heben; weil ich eben so sperrig war, pieselte ich mir stets vor die eigenen Pfoten. – So was ist für uns Hunde ziemlich ekelig, aber ich konnte ja nicht anders.

Das andere ‚Geschäft' brauchte der Neue eigentlich nicht wegmachen, denn so eine Menge konnte niemals von einem Hund stammen. –

Während wir dann so unterwegs waren, mus-terte ich den Neuen regelmäßig.

Ab und zu gab ich ihm mit dem mir angelegten Maulkorb einen leichten Stupser, um zu prüfen wie er so reagiert; dabei kam versehentlich schon mal etwas Schlabber an seine Hosentasche, was er aber erst merkte, wenn er sich in die Hosentasche griff …

Da er mir nie böse war, hatte ich ihn schon etwas gern, was ich wiederum immer häufiger mit kleinen Stupsern bekundete …

Wie aber konnte ich mich nun von dem blöden Maulkorb befreien, ich musste mir was einfallen lassen. –

Weil ich wegen meines permanenten Übergewichts – ich wog meist über 80 Kilogramm – nie weit und lange spazieren gehen konnte, hielten wir uns in der Regel in der nahe gelegenen Parkanlage auf, die unweit vom Tierheim liegt.

Bis dorthin war es für mich oft beschwerlich, weil der Weg harter Beton / Asphalt war – meine Abenteuerlust hatte mich jedoch immer etwas abgelenkt.

In der Parkanlage war fast überall Gras, der Boden weich; hier fühlte ich mich gleich sehr viel wohler, weil meine Gelenke nicht so belastet wurden.

Das Grünzeug mochte ich sehr gern fressen, aber mit den Gitterstäben direkt vor meinem Maul war das kaum möglich.

Der Neue hatte das bemerkt, weshalb er mir dann den Maulkorb fürs Gras fressen eigentlich nur kurz abnehmen wollte.

Irgendwann dachte ich, jetzt oder nie.

Nachdem ich reichlich sorgfältig ausgewählte Grashalme vertilgt hatte, wuchtete ich meinen Körper an dem Neuen vorbei und stellte mich frontal ihm gegenüber.

Hierbei hatte ich schon so viel Spaß, dass ich triumphierend mein nasses, nilpferdgroßes Maul so weit aufriss, wie ich konnte, und posaunte dabei noch ein paar Laute hervor – vielleicht verlor ich dabei einen Grashalm.

Noch bevor sich der Neue aus seiner sichtlich versteinerten Haltung befreite und irgendwelche Gegenmaßnahmen ergreifen konnte, schnappte ich mir auch schon die Hälfte der Leine, die stets lästig an mir hing, und zerrte an dieser so heftig, so dass ich den Neuen recht bald auch wieder aus seiner Versteinerung befreite.

Es blieb ihm nichts anderes übrig als inständig zu hoffen, dass *Das* hier ein von mir ausgedachtes Spiel war, denn von meinem Maul bis zu seiner Hand waren es nur noch wenige Zentimeter Restleine.

– Durch meinen Schlabber mutierte die Leine regelrecht zu einer künstlich langen, glitschigen Schnecke.

Trotz weichen Bodens spürte ich, wie eine tonnen-schwere Last das Grün der Parkanlage kurz ins Beben brachte. – Es war die Last zwischen dem Neuen und mir, ob wir nun Freunde werden oder nicht?

– Garant hierfür ist nur eines, Vertrauen!

Dem Neuen blieb allerdings aber auch nicht viel anderes übrig, mir zu vertrauen, wenn er mir den Maulkorb abnahm – ähem.

Von nun an bekam ich den Maulkorb nur noch angezogen, wenn es auf Gehwegen eng wurde. Aber sehr bald machte ich auch hier so gut wie keine Mätzchen mehr.

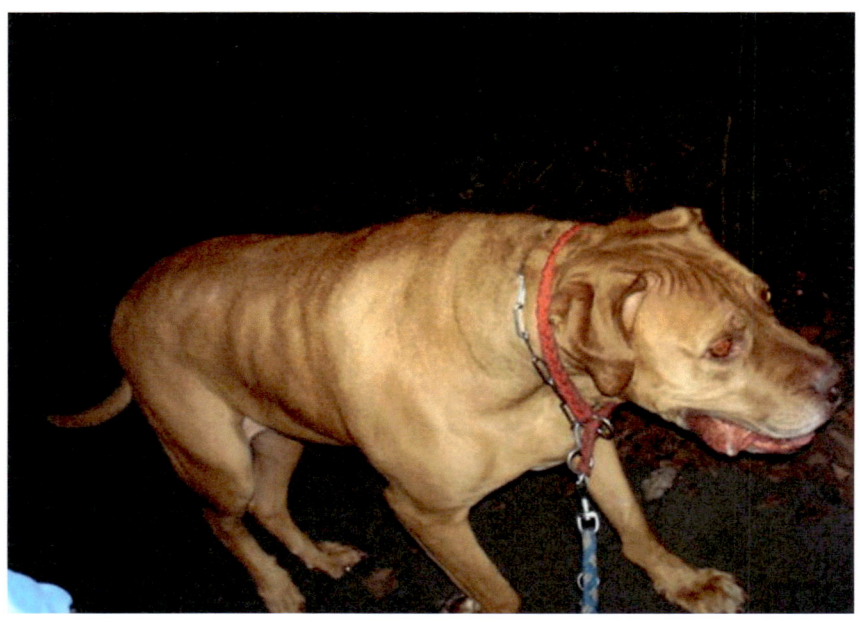

Ohne ständig diese Gitterstäbe vor sich zu haben, machte das Spazieren gehen jetzt gleich sehr viel mehr Spaß; oder wer führte hier wen aus?

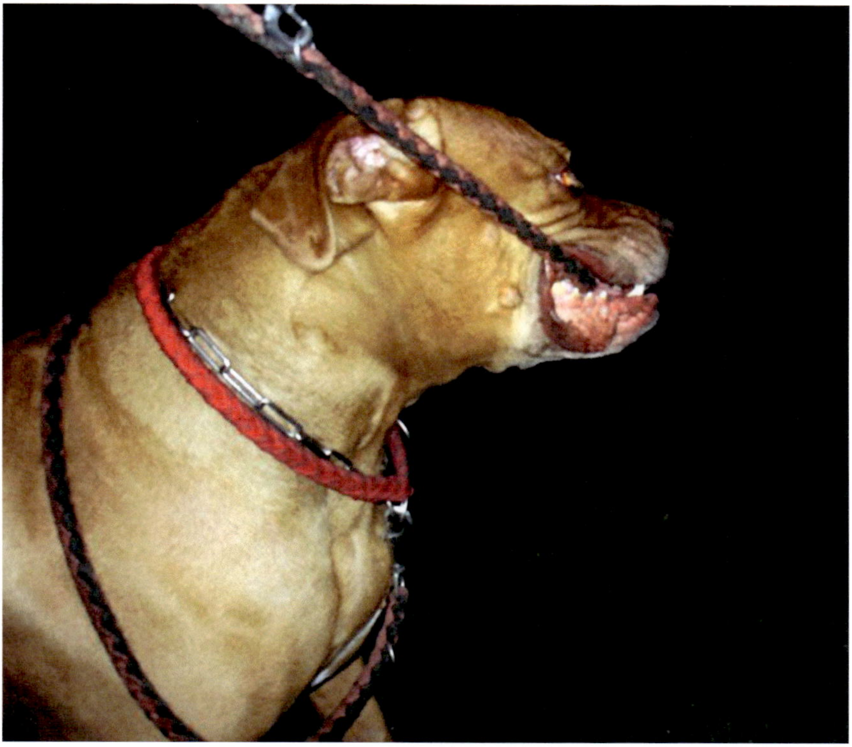

Zudem konnte ich mich jetzt bestimmten Dingen sehr viel besser nähern und so auch besser untersuchen; doch da gab es etwas, da wären mir die Gitterstäbe, zu meiner eigenen Sicherheit, doch lieber gewesen, aber dafür hatte ich ja jetzt einen Freund ...

Jedes Mal, wenn mich mein Freund nun zum Spazieren abholte, rief er, sobald er um die Ecke kam
und mich sah – Hallo mein Bärchen.

Er hatte sich immer riesig auf mich gefreut; ich
mich ja auch auf ihn, und ich hab dann ab und
zu ein paar Grimassen gemacht, dann hatte mein
Freund noch mehr zu lachen ...

So hab ich gemacht,

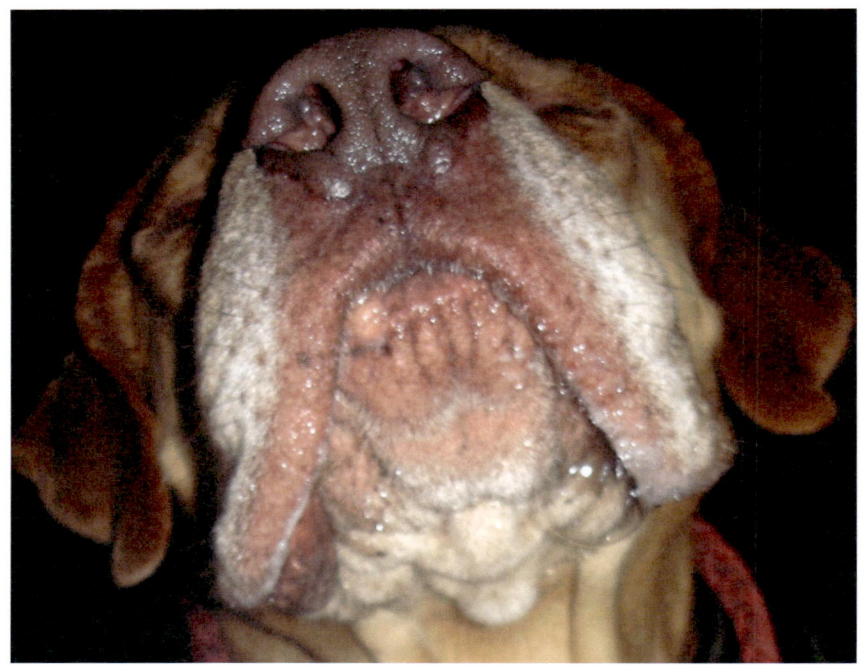

oder so,

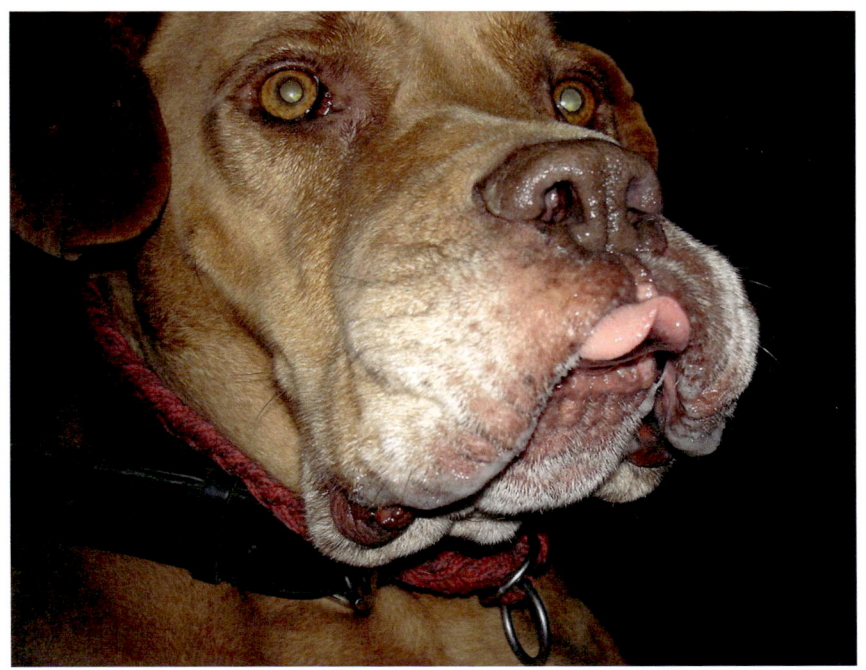

oder mal so ...

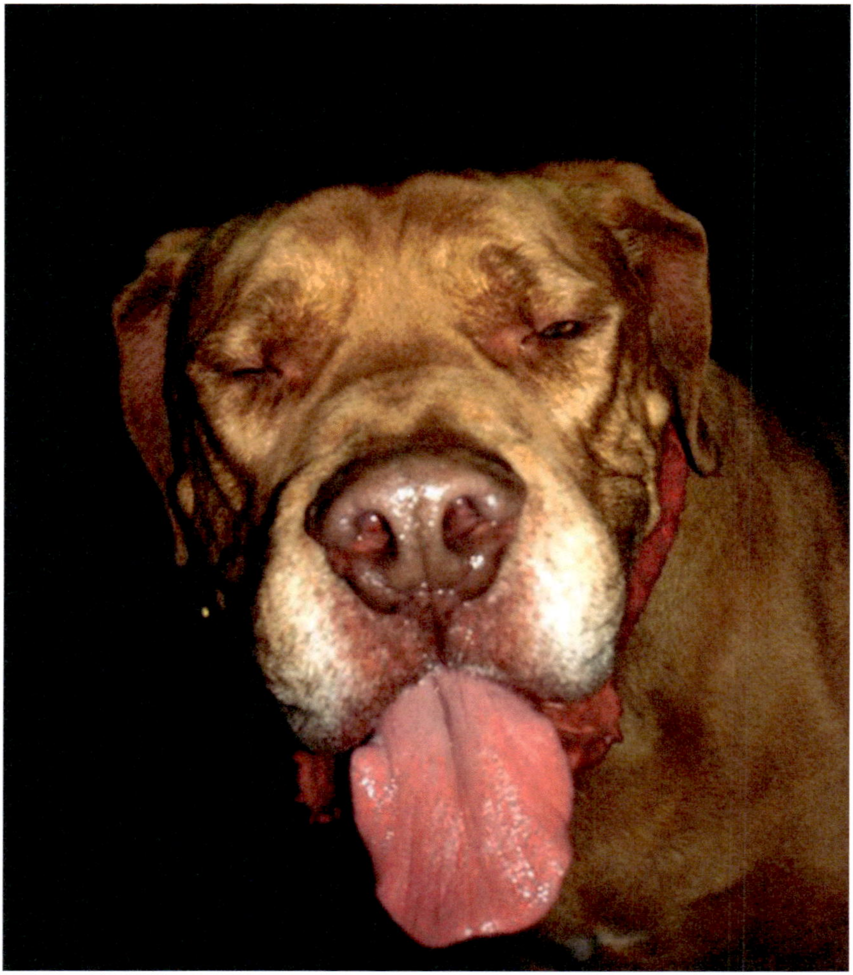

Wir gingen mal wieder über das weiche Gras, als mein Freund sich bückte und etwas Seltsames vom Boden abpflückte und in seiner Hand festhielt. – Zu meinem Erschrecken sollte ich nun auch noch daran schnuppern.

Diese seltsamen flachen bunten Ungeheuer – ‚Rasenufos‘(???) – standen entweder starr über dem Gras herum, oder aber sie wackelten von einem Moment auf den anderen hektisch hin und her.

Nun, ich sollte da mit meiner doch eigentlich neugierigen Nase drangehen.

Es war weiß, in der Mitte einen kleinen gelben Klecks und hatte ganz kleine Zacken mit ein bisschen rotrosa an den Enden, und es hatte noch nicht mal die Größe von einem kleinen Leckerli.

Nachdem ich intensiv daran herumgeschnuppert hatte und nichts passiert war, sagte mir mein Freund, dass das ein Gänseblümchen sei.
Ich hatte so etwas wohl noch nie gesehen ...

- Apropos Leckerli ...

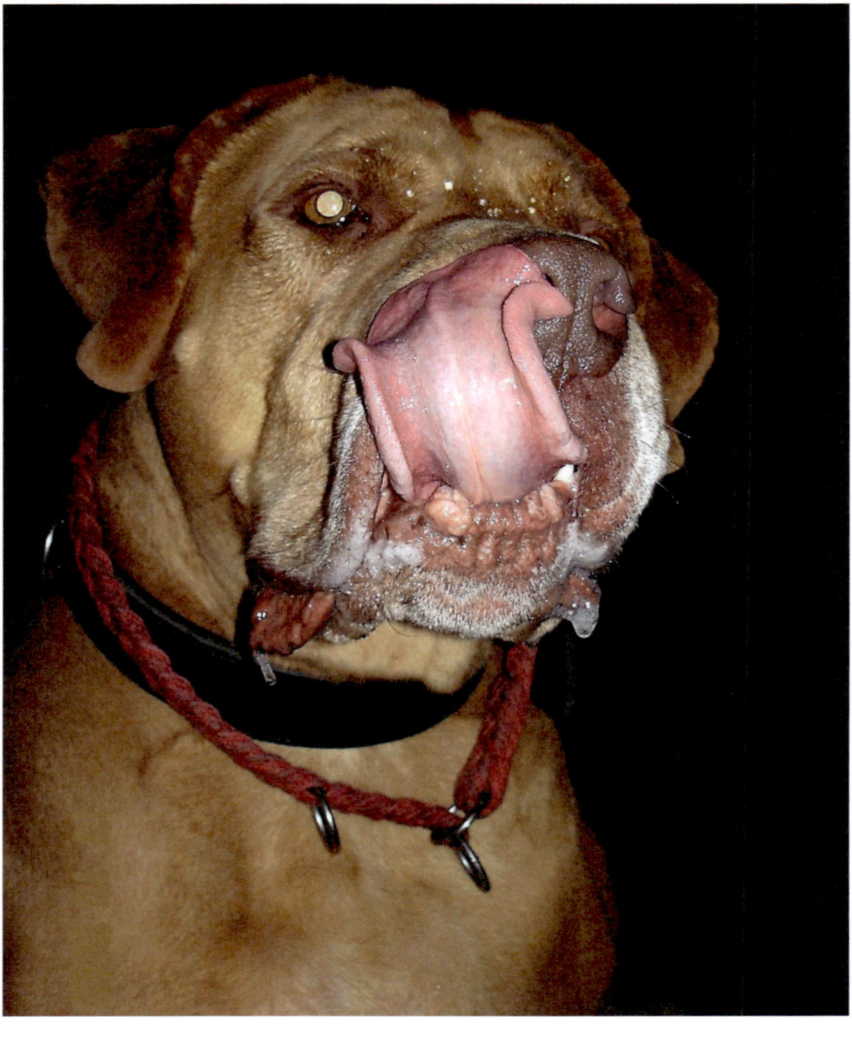

Jetzt wollte mein Freund mich erneut auf die Probe stellen, meinen Mut testen, und im Gegenzug wollte er auch gleichzeitig unser gegenseitiges Vertrauen auf die Probe stellen.

So zupfte er nur ein paar Meter weiter schon wieder etwas vom Grasboden ab.

Doch dieses war um ein Vielfaches größer und leuchtete in der Sonne in einem gewaltigen grellen Gelb, und es waren bedrohlich viele Zacken daran.

Noch bevor ich Reißaus hätte nehmen können, erklärte mir mein Freund, dass es überhaupt keinen Grund gibt, Angst zu haben, denn es wäre doch nur ein völlig harmloses Löwenzahnblümchen.

Ach, so ...

und du tust wirklich nichts Böses?

Das haut mich doch glatt um, und davor hatte ich sooo große Angst, weil ich dir vorher wohl auch nie begegnet bin …!

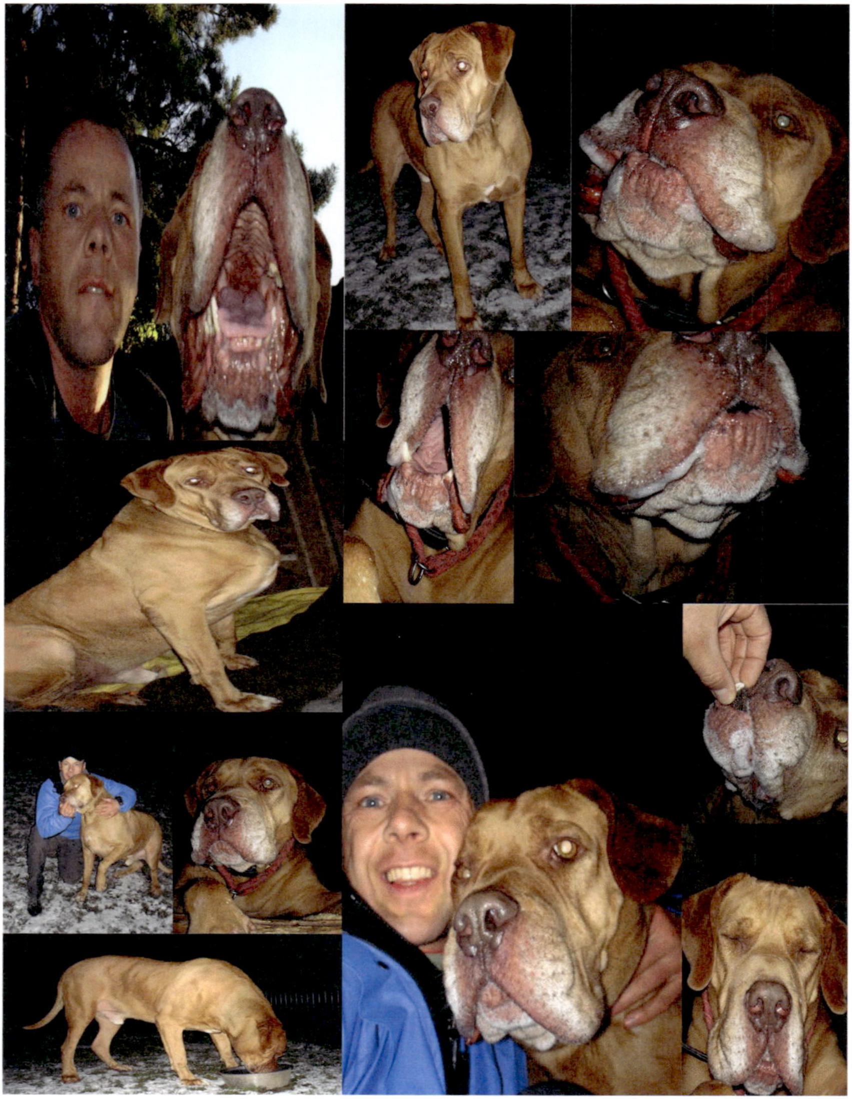

50

Eines Tages hatte ich mal wieder so schlimme Schmerzen in einem Gelenk an meinem Hinterlauf, so dass ich wieder nur kurz meine ‚Geschäfte' erledigen konnte und gleich wieder zurück in meinen Auslauf musste. Wenige Tage zuvor war es das andere Gelenk, das so schmerzte, so dass ich Medizin gegen die Entzündung und gegen die Schmerzen bekam, damit ich wenigstens ein paar Schritte zum Verrichten machen und etwas schnuppern konnte.

Doch dieses Mal war es so schlimm, dass ich in meiner letzten Nacht an dem entzündeten Gelenk leckte und leckte, weil es auch immer mehr angeschwollen war. Ich hatte so lange an diesem Gelenk geleckt bis die Haut aufgeplatzt war, und ich hatte immer weiter geleckt …

Mein Freund kam jeden Tag zu mir, nie musste ich einhalten - und auch heute, am Tag, als mir nichts und keine Medizin mehr meine Schmerzen nehmen konnte, war er für mich da.

Er führte mich in einen Raum, den ich kannte, dort war ein Arzt.

Ich spürte, wie mein Freund mich festhielt.

So lange er konnte, hielt er mich ganz fest, und er blieb bei mir, bis ich ganz tief eingeschlafen war ...; und er blieb dann immer noch eine ganze Weile ...

Ich spürte nicht mehr, wie ich von anderen Menschen fortgebracht und in einen fremden, sehr übel riechenden und dunklen Behälter gelegt wurde.

Von hier sollte ich dann für immer weggebracht werden.

Aber in diesem Behälter hatte ich nicht lange drin gelegen, sondern wurde von meinem Freund da wieder herausgeholt und an einen schönen ruhigen Ort gebracht.

Es ist ein Ort mit sehr viel weichem Boden und vielen kleinen Rasenufos, die manchmal ganz ruhig so dastehen und dann urplötzlich hektisch hin und her schaukeln, wenn der Wind sie bewegt ...

Schade, dass ich diese schöne Umgebung, diese schöne Natur nicht in meinem ganzen Leben erleben durfte, dann wäre ...

Leider habe ich diesen tollen, lieben Hund ‚Spike'
durch ein / sein Schicksal kennen gelernt.
Und leider war es noch nicht einmal ein Jahr, das
ich mit ihm verbringen durfte.

Dieser eigentlich ‚böse' Spike hat mir in dieser
viel zu kurzen Zeit unendlich viel Freude bereitet
und mich so oft zum Lachen gebracht.

Dafür danke ich ihm von ganzem Herzen!

Wieder einmal zeigt sich, was der Mensch dem Tier antut, obwohl das Tier dir Freude bereitet ...

'Spike' wurde von Menschen zu einem unnahbaren, 'gefährlichen' Tier gemacht, obwohl er dem Menschen nur gut sein wollte ...

Mit den einfachsten und selbstverständlichsten Dingen kann man dem Tier gerecht werden, und dadurch viel Freude erfahren ...

Ich habe selbst erfahren dürfen, dass ich mit einem Hund wie 'Spike', der eigentlich überhaupt nicht mein Typ war, eine so enge Beziehung erleben durfte, wie ich sie mir vorher nicht hätte vorstellen können.

Ob ‚Groß' oder ‚Klein', Rasse oder Mischling, jung oder alt, einfarbig oder bunt, viel oder wenig Fell, sportlich oder gemütlich, gut erzogen oder chaotisch aber lernfähig, temperamentvoll oder ruhig – es ist für jeden Hunde- und Tierfreund, oder die es werden wollen / sollten ..., etwas in den vielen Tierheimen dabei.

Wer entschlossen hinter einem stets dankbaren Tier steht, oder gestanden hat, wird die Zeit am liebsten ständig zurückdrehen wollen ...

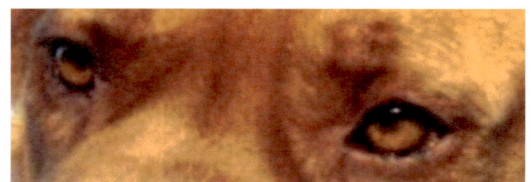

Jeder Mensch sollte sich dem Tier
verpflichtet fühlen ...;

es vor allem schützen –
denn er ist dem Tier zu Dank verpflichtet!

Wer Hilfsbedürftigkeit erkennen will (...!),
wird helfen!
Weiterhin werde ich dieses nicht nur
mit Tatkraft tun, sondern gemeinsam mit Spike
– durch seine Geschichte ...

Andreas Catulus